KB110964

금빛 샌드위치

예술가시선 17

금빛 샌드위치

초판 1쇄 발행 2018년 12월 20일

저　자　　설태수
발행인　　한영예
편　집　　지 금
디자인　　이길한
펴낸곳　　예술가

주　소　　서울특별시 송파구 문정로13길 15-17, 201호
등　록　　제2014-000085호
전　화　　010-3268-3327
전자우편　kuenstler1@naver.com

ⓒ 설태수, 2018
ISBN 979-11-87081-11-1 03810

이 도서의 국립중앙도서관 출판예정도서목록(CIP)은 서지정보유통지원시스템 홈
페이지(http://seoji.nl.go.kr)와 국가자료공동목록시스템(http://www.nl.go.kr/
kolisnet)에서 이용하실 수 있습니다. (CIP제어번호 : CIP2018035903)

금빛 샌드위치

설태수 시집

2018

詩人의 말

현재는 까마득하다.
詩, 또한 그러하다.

2018년 겨울
설태수

금빛 샌드위치

차례

詩人의 말

제1부

제 2 부

제3부

제4부

제5부

제1부

금빛 샌드위치

막 솟아오른 해와 석양은
모두 금빛.
둘 사이 샌드위치 된 하루.
내용물은 돌이킬 수 없다.
쓰디쓴 상처가 있었다.
왔다가 사라진 웃음
빠져나갈 데 없는 공허
바람의 촉감도 금빛일까.
흔적 없는 발자국
보이지 않는 뒷모습도
금빛 입자를 벗어날 수 없어
눈물의 후광이 금빛이라는 말.
금붙이는 차갑다.
금부처도 미소에 얼어있다.
금빛은
아슬아슬하다.

폴 세잔

장미 그늘은 살얼음이었다.

그의 화폭에 붙들린 것은 유월에도 얼어버린다.

시간이 통째로 결빙된 생트빅투아르 산은

얼음왕국.

깨진 무지개 빛깔이 사과를 벗어날 수 없는 것은

그의 시선에서 얼음광선이 나왔던 것.

<존재>*로 얼어있는 산천초목 당신과 나.

살짝 건드려도 즙이 흥건하다.

잎이든 줄기든 나부끼는 대로 흔들리는 대로

붓질 따라 얼음 결 어리는 터치.

평생 식을 수 없는 마음결이었나.

태양광은 빛살마다 서늘히 작열하여

죽음도 그를 녹이지 못했다.

눈빛에 얼어버린 꽃은

영영 시들 수 없다.

* "<존재>의 수면睡眠은 가없이 비어있거늘."(성찬경, 「화형둔주곡」) 참조.

완벽한 징세

육즙은 다 내주고 뼈대만 남은 사과.
며칠 후 바짝 말라 장구 형상이다.
사과향도 떠나버렸으나
씨를 품고 있는 자세는 여전히 견고하다.
골격과 씨만 남는 과정은 사람의 일생과 다르지 않다.
바람에 살 내주는 여정이 한 생이었다.
바람칼이 손대지 않는 곳은 없다.
바람만큼 칼질 잘하는 백정은 없다.
매일 단장하는 얼굴도
통증 없이 살을 발라내어
어느새 쭈글쭈글한 거죽만 남겨둔다.
누구 하나 꼼짝 못 한다.
살아가는 세금이었으니까
생의 탈세는 없다.
야위어가는 육신을 지켜보는 들숨날숨.
바람보다 철저한 징세관은 없다.
산천초목도 예외는 아니다.
바람도 힘들었을지 모른다.

24시 콜

지체되고 있는 고속도로.
소형트럭 짐칸 우측 상단에는
'전국 24시 콜 화물' 광고.
24시를 앞세우고 가는 고속버스.
24시 밖으로 추락하지 않는 차량들.
구급차는 다행히 질주할 수 있었다.
밥 먹다가 볼일 보다가 언제든 콜이겠지.
콜과 콜 사이 거리는 예측불가.
지엄한 콜.
정체는 좀처럼 풀리질 않아
이럴 때 이 글은 즉효.
24시가 앞에 있어 걱정도 없다.
펜 아래는 희디흰 광야.
24시에서 광야가 나왔다.
미 서부 황야를 달리고 달린 적 있었지.
머릿속 털리면서 지평선을 추격했지.
지금은 면 가방 안에 치자 꽃 한 송이.
오늘 아침 꽃잎 하나 원했는데 송이째 왔다.

속수무책 향기.

향과 글이 잘 통한다.

정체 덕에 펜은 제구실하고 있다.

또 꺼내 보는 치자 꽃.

향기는 지체하지 않는다.

24시도 속도 내기 시작한다.

푸른 묘혈

왁자지껄한 술집.
각각의 사연들은 분명하여
서로는 방해되지 않는다.
거쳐 온 바람결이 달라
누구든 얽힐 수 없는 눈빛이 있다.
구름들 저마다 그늘 지닌 것도
상하지 않는 푸르름 때문.
지구 탄생 시 멍든 그 빛깔은
당신의 숨소리를 받아주고
산 암벽 바다 꽃을 꿰고 있다.
곪아가는 상처 피멍 든 기억도 마침내 안길
푸른 墓穴*
나비가 날고 있다.
팔락거릴 때마다 파편 일고 일어
푸르게 번지고 있다.

* 오구마 히데오小熊秀雄의 句.

18

꽃은 지금이다

빗줄기에 처진 라일락 꽃송이.
떨어진 꽃들이 많아도
향기는 위축되지 않는다.
빗물에 쓸려가지 않는다.
향기에는 미래가 없어
꽃은 지금이다.
안과 밖이 따로 없는 향은
해 뒷모습이 안 보이는 것과 같다.
존재하는 것은 향으로 버틴다.
그리울 때 눈길 멀리 가는 것은
그대 체취를 찾고 있음이나
점점이 날리고 흩어지는 그 온기는
기류와 이미 하나.
광활한 음폭의 백색소음처럼
꽃 내와 체취도 공기를 타면 무색무취.
그리움에 지치지 않게 하는 妙理.
오늘도 일상이 영위되는 것이다.

그늘 타고

7월 햇살폭포 아래
잎들마다 그늘이 깔려있다.
그늘 타고 살랑거린다.
통화 중인 목소리
소리를 옮겨주는 허공의 그늘.
도로변 으깨진 덩굴줄기는 갈 길 잃었나.
구름 아래 있는 것 치고
행선지 없는 것은 없다.
고속화될수록 늘어나는 터널.
토막 나는 풍경들.
구두약 너무 바르면 가죽도 숨을 못 쉬어
신발의 탄력이 상실된다고 한다.
아무렴 탄력도 그늘에 기대고 있지.
왼발 오른발 오른팔 왼팔
눈 귀 젖 콧구멍은 둘씩이니까
둘에서 셋 넘어가는 길에는
십중팔구 강이 있을 거다.
포구에 주막이 더러 있는 것은

눈길 가는 곳마다 빈 그늘로 그득하기 때문.
다행히 구름은 실족하질 않아
아픈 것도 나을 가능성이 있다.
그늘은 어디서나 떠날 겨를이 없다.

레이디 가가는*

> "나에게는 항상 나를 벗어나야 할 필요가 있었다."
>
> - 마르셀 뒤샹**

하이힐 신은 발로 건반을 연주했다.
생고기가 옷이었다.
공연 중 팬티를 벗어 던졌던가.
자유 별나라를 노래했다.
소변기를 거꾸로 놓고 <샘>이라 명한
뒤샹의 후예 정도 될 수 있을까.
叮叮를 밀고 나가는
Lady GaGa.
세상은 거대한 병영.
관습으로 무장한 군대로 보여
곰팡내 진동하는 사람들 눈빛을
그녀는 부수고 싶었던 것.
현재는 혁명의 피가 들끓고 있다.
스스로를 거듭 전복시키는 태양.
깨진 바위는 통쾌해하지 않을까.
얼마나 답답했기에 몸은 주름이 팼는가.
꽃은 허공으로 투신하고

고철은 검붉은 녹으로 자결한다.
공연 중인 가가의 눈빛을 보니
그녀도 약간은 눈치챈 거 같다.
바람은 결코 돌아보지 않는다는 것을.

美, 美, 美

Beauty를 볼수록
Be*가 들어있다는 것이 예사롭지 않다.
티끌 녹 마른 나뭇가지
찌그러진 찢어진 깨지는 냄새
기적소리 꽁꽁 언 것들.
무엇을 거론하든 아름다움이란
한 아름 있음에 통할 수도.
눈 속에 눈, 등불 밖 등불이 있다* *한다.
버릴 것 없다는 말.
羊을 의지했던 종족들은
제물로 양을 바쳤다는 것이
큰일 중 미쁜 일이라 했다.
감당해야 할 치통 또한
美의 한 갈래가 아닐까.
통증은 몸에서 터져 나온 불꽃이니까.
고성능 현미경으로도 이 둘 사이에는
틈이 안 보인다.
있음 없음 사이도 그러하다.

숨결이 이어지는 이유가 된다.

* '존재하다, 있다'를 의미.
** 無邊風月眼中眼
  不盡乾坤燈外燈 (퇴옹 성철) 참조.

반가커피상

반가커피상을
반가사유상*보다 한 수 위라고 한다면
어리둥절할는지.
사실 맞는 말이기도.
'사유'에 갇혀있으면 갈 길 아직 멀었기에.

심정애/서촌 영화루/45.5 x 30.5㎝/종이에 수채

이 그림에서 얻은 像은 적어도
'사유'는 벗어나 있다.
중화요리 永和樓 출입문 좌측 툇마루에 걸터앉아
오른쪽 다리를 왼쪽 무릎에 올려놓은
반팔 반바지 반가부좌의 중년 사내.
자장면 곱빼기 먹고 나서
종이컵 커피 한잔하는 반가상이다.
'사유'는 아예 얼씬 못한다.
근처 공사판에서 일하다가 배부른 뒤라
보챌 것도 없는 달달한 커피 한 잔이 그다.

커피 맛에 '사유'는 꼼짝 못 한다.

永

和

樓 간판 우측 화분 열세 개가

그와 나란히 초여름.

그들도 당연히 '사유' 너머에 있다.

그런즉, 사내와 그들은 等價.

아무래도 반가사유상 이름이 좀 아쉽다.

보들보들 미소가 빈틈없이 그윽한데.

사유는 진작 재가 되었을 텐데.

* 금동미륵보살반가사유상半跏思惟像: 국보 제78호.

은행나무를 바라보는 열세가지 방식*

1
커피집 음악소리를 넘어선
6월의 은행나무.

2
"비즈니스 하는 사람이 따로 있는 건 아냐."
커피를 사이에 둔 세 사람.
은행잎들 팔랑팔랑.
빵빵거리는 차량.

3
"음악 쪽 비즈니스도 생각해봐.
예술도 좋지만
비즈니스 마인드를 키워야 돼."
흔들리는 나뭇가지들.
빛 바람 어둠에
줄기마다 분수.
춤추는 분수다.

4
그늘 아래서는
한 무리 여자들 수다.
참새 몇 마리 날아올랐다.
고조되는 목소리.
"생각만 바꾸면 된다니까.
어떤 마인드냐가 우선이야."

5
소음 매연에 난타당하는
잎들이
가리키지 않는 방향은 없다.

6
나무에 기대어 담배 피우는 남자.
'休'
쌩쌩 달리는 차들.
바짝 따라붙는 절벽.

7
나무 커피집 새들
차량 그리고 나
밤이슬에 평등했다.
이슬 덕에
또 하루를 버틴다.

8
승무원들이 파업했단다.
공항 가는 버스는
은행나무를 정시에
허공은 구름을
빛은 어둠을 경유한다.
파업도 노래의 한 가락이다.

9
어제보다
바람이 한결 세다.
어쩔 줄 모르는

통쾌한 잎들.

10
커피집에서 오늘은
'비즈니스' 소리가 안 들린다.
나무를 능가할
호흡을 감당할
구름을 넘어설 비즈니스는
물론 없다.
생각을 추월하는 것들이다.

11
길 건너 척추병원.
건널목 하나
나뭇가지 하나하나
말소리 하나하나하나는 뼈마디.
새소리가 뼈대를 타고 온다.

12
커피집에서 나와
올려다본 잎들 사이사이
낮에도 일렁이는 별빛 자욱하다.

13
동요하지 않는 줄기.
강아지 소리 경적
내 시선은 녹색으로 수렴된다.
찢어져도 변질되지 않는 빛깔.
잡념은 잘 녹아들어
가로수 그늘은 발걸음을 이끈다.

* Wallace Stevens의 「지빠귀 새를 바라보는 열세 가지 방식」 원용.

나를 만나러

찬이슬 지나 서리 다가올 무렵
몸이 혼자임을 더욱 실감하게 된다.
술잔 주고받아도 공허는 피하기 어려운 때
홀로 마시는 일이 오히려 낫다.
적적함에 맞서는 일이란
살짝살짝 무너져가는 몸을
기분 좋게 응시하는 일.
자신에게 권하는 술이
관습 없는 먼 나라에서 온 손님 같아
아무런 준비 없는 만남이 고마운 것이다.
과객들 소리는 더없는 배경음악.
본시 기댈 바 없는 몸을 보러
빗방울 차가운 길을 나선다.
흥거러워질 나를 만나러
나는 간다.

그들은 가볍다

거리의 사람들을 보라.
어떤 경우든 죽은 사람보다도
의식이 없는 사람보다도
그들은 가볍다.
— 자코메티

보이는 것들에 끌린다.
냄새나는 것들
들리는 것들
촉감에 꿈틀한다.
한잔 술에 얼굴 피어나고
두잔 술에 시름이 풀린다.*
촉촉해지는 혀.
그 활력과 당신 눈빛에
몸은 닳고 닳는다.
치아에 금 가고
뼈마다 구멍이 생긴다.
빛바랜 상념들마저
바람이 거부하는 것은 없다.
언제든지 증발하는

웃음과 눈물.
사라지는 길이 살아지는 행로.
꺼진 컴퓨터 화면에
티끌 자욱하다.

* 一酌發好容 再酌開愁眉. (김시습)

"Take it easy"

너무 추워서 안 오시는 줄 알았어요.

안 오다니요, 보이지 않는 약속인데요.

매주 금요일 아파트단지 안에
각종 해산물을 풀어놓는 그.
동태 갈치를 손질하고 있었다.

표현이 멋져요.

정말로 그렇거든요.

웃음 섞인 그 얼굴에는
강물이 도란도란 흐르고 있었다.
내 늑골을 툭 쳐보니
잠자던 바람이 일기 시작했다.
한동안 병원 다니느라 리듬은 비켜있었나.
먼지 냄새가 삐걱거렸고

그림자는 헛기침을 하였다.
오늘은 The Eagles의 "Take it easy"
여전히 환호하는 화면 속 청중들.
음악의 강물에 흥건할 때나
고통스러울 때에도 함께 하는 몸에
언제나 빚지고 있다.
지나간 것은 캐묻지 않는다.
눈길 너머 흐르는 물소리도
변질되지 않는다.

주의사항

「수술 하루 전에는 술 담배를 삼가세요.」
임플란트 수술에 대비한 주의사항 용지.
그 이면지에 이 글을 쓰고 있다.
백지의 막막함 때문인지 글이 잘 나가지 못한다.
이럴 때 아이 마음이면 망설일 게 없을 것 같다.
외려 신나게 낙서가 펼쳐질 거다.
어디서나 현재는 백지.
단두대 앞 사형수에게 술 한 잔과 담배 한 모금이 주어진* 것은
오랜 습을 정리하라는 뜻이었나.
백지는 그간의 잡념을 씻으라는 걸까.
임플란트 끝나면 술맛이 새로울까.
새롭지 않은 들숨은 없다.
밤낮 흐르는 개울의 징검다리.
한 걸음씩 버리면서 건너간다.
새벽 창틈을 찌르는 냉기.
백지에 단두대가 겹쳐 보인다.

* 영화 「암흑가의 두 신사」에 나온 장면.

제2부

소실점

투신할 듯 구슬진 풀잎 끝 이슬.
탁자 위 물방울은 볼록볼록.
둥글게 하는 힘은 필사적이다.
해가 둥그렇게 들끓고
달 목성 열매들은 球體로 견딘다.
부풀고 있는 풍선
터지기 직전 제일 동그랗다.
물드는 단풍 속엔
그리움이 둥글게 익고 있을까.
태양이 찌그러지지 않는 한
그리움은 일그러지지 않으리.
멀리멀리 아득해져도
뒤틀리진 않으리.

거목은 잎을 떨구고

킥복싱 대회가 열린 마로니에 광장.

늦가을 은행고목 노란 그늘에서

관중들 함성이 파도친다.

주먹과 발길질에 피 나고 얻어터질수록 소리는 더욱 커진다.

몇 번 쓰러진 한 선수.

끝까지 포기하지 않았다.

종료 후 서로 끌어안고 토닥이는 두 사람.

거목은 잎을 떨구고 있었다.

시에 덤벼드는 자.

어쩌다 시의 급소를 한방 멕인 줄 알고

잠깐 쾌재를 불렀으나 아무렇지 않게 버티고 있는 시.

다른 전법으로 달려들었으나 다시 보면 여전한 시.

싸우다가 링에서 죽은 김득구 선수가 떠올랐다.

내 머리 위에 은행잎 하나

노랗게 떨어졌다.

* 김득구(1955-82): 권투선수.

혀를 맡기다

살구꽃 아래 사진 찍는 처녀.
전화하거나 바삐 가는 사람들.
혀에 물기가 돌아
마르지 않는 수분으로 발걸음 가벼운가.
꽃잎도 새잎도 혀.
혼자인 그도 봄바람에
혀를 맡기고 싶었다.
왼종일 말할 기회가 없어
두 눈이 혀 역할 하는 수밖에.
活活거리는 침묵.
매일매일은 혀가 교통 정리하는 일.
갈증과 소리 따라
발길 끌릴 때가 있는 일.
간혹 꽃 보고 햐, 하거나
돌부리에 걸려 이크, 터지는 말소리로
혀에 활기가 돌기도 한다.
입속 젖은 먼지가 털린다.

전방이었다

소방차 셋 사다리차 구급차 경찰차가
비상등으로 달린다.
물드는 잎도 경적소리에 움찔할까.
詩가 맡긴 자유는 구속이 될 수 있다.
간밤엔 노래 "Brothers in Arms"에 잠겼다.
삶이 전투임을 실감할 때가 적지 않았지.
그것도 외줄 위에서 퇴로가 보이질 않아
자폭하고 싶기도 했지.
그간 전술이 좀 생겼나.
한동안 잠잠하다 했는데
오늘 또 지뢰를 밟을 뻔했다.
생에는 공터가 잘 안 보인다.
소방차들 언제 돌아올지 모른 채
담뱃불 붙이는 남자.
연소되는 몸을 여실히 보여주고 있다.
꽁초를 툭, 그의 몸이 튕겨 나간다.

섭리는 일회성

출근길에 거미줄.
촘촘하게 엮인 줄 알았는데
더러 큼직한 구멍이 있다.
걸린 날벌레 하나 바둥거린다.
다가가는 거미.
무지갯빛으로 출렁이는 그물.
잔치 빛깔은 절체절명과 통해있다.
빠져나갈 틈이 있었다, 는
이런 생각이 바로 문제.
이걸 벗어나려고 시에 기대지만
습관의 관성은 너무 세다.
벌레는 숨통이 끊어졌나.
외길 타고 직장 가는 아침.
버리는 길이 벌이 가는 일.
외길 아니면 돌아올 수 없다.
같은 길은 어디에도 없어
섭리는 일회성이다.

수다가 빛난다

커피집 바닥을 가고 있는 벌레.
안 보일 때까지 지켜보았다.
무사히 가고 있을까.
숱하게 아슬아슬했던 나.
친구들 여럿 떠났다.
이승의 잣대가 전부는 아니다.
아까부터 왕왕거리는 여자의 통화.
지금까지의 생애가 수다에 걸려있다.
글 쓰는 일도 다르지 않다.
느티나무, 에 기댄 자전거, 옆엔
민들레꽃, 치솟는 치통
몸이 번쩍한다.
지금쯤 어디 있을까
등짝에서 검은빛 놓치지 않던
벌레는.

리듬 타는 침묵*

숲가에서 만난 나비.

검정 바탕에 흰 점 점 점.

고인 빗물에 대롱 꽂은 채 떠날 기미가 안 보이네.

예쁘구나, 너

黑白이 눈부실 정도야.

우리는 흑백 사이일까.

리듬 타고 있는 너의 침묵 따라 나는 중얼거리네.

자식들 말소리에 어머니는 환해지시곤 하지.

음파는 바늘 틈도 통과한다지.

나비 몸통을 울리고 있는지 몰라.

그의 체취가 나를 건드리고 있는지도.

사방팔방은 리듬 침묵.

달마가 의지했던 걸까.

뒤에서 발자국 소리.

밀려가는 나비.

* 제목(rhythmic silence)은 칼릴 지브란의 『예언자』에서 빌림.

시들 수 없는 바람

친구 자녀 결혼식장.

몇 년 만에 만난 선배는

얼굴 봐서 시원하다고 한다.

몇 번이나 손을 꼭 쥐면서 서너 번 더 보면

인생 끝날 것 같다며 웃는다.

옛날 그 시절 바람은 얼마나 멀리 갔을까.

생의 숱한 소용돌이는 가늠이나 할 수 있을까.

까맣게 잊고 지낸 세월도

바람은 버리지 않았다.

젖을 반이나 노출시킨 채 활보하는 여자.

뛰어가는 아이들 소리.

병원 앞 환자들.

이래저래 시들 수 없는 바람에

망각은 뒤집어질 수 있다.

속살 시원해질 수 있다.

풍선 효과

온종일 업무에 시달린 무게
목숨의 깊이로
지하철 바퀴는 광채를 뿜는다.
새나갈 수 없는 하중이었다.
나뭇잎 반짝거리거나
어둠을 받아들이는 것도
피할 수 없는 하루의 무게에서 나온다.
목청껏 웃고 있는 저 사람.
몸이 붙들고 있다.
풍선효과인지 소방차 경적소리는
강을 건너간다.
파동 치는 허공
구름의 변모가 증거라면 증거다.
구름 모퉁이
푸름 속으로 미끄러지고 있다.

익명의 땅*

64년 만에 발굴된 유해.
뼈 몇 점이 가족 품에 돌아갔다.
수억 광년 별빛이 흡수되는
당신의 눈.
두 눈에서 光年이 익고 있었다.
눈동자 반짝거리는 것은
광년이 요동친다는 거.
당신이 빛나고 있다는 거.
빛에서 빛으로 별빛이 계주한 것이다.
젖은 눈에서는 일렁거려
빛의 진동은 피할 길 없다.
기어이 잃고 마는 눈빛도 광년에 귀속되리니
한 생애 흔적은 빛의 그늘일 터.
낱낱이는 헤아리기 어려운
추상의 잔영일 터.

* 화가 윤명로(1936 -) 작품 제목.

朴古石

朴古石 그림을 보고 있으면
클클거리는 웃음소리가 들린다.
바위 구름 소나무 파도
노랑 빨강 주황 꽃들이
서로 낄낄거리고 있다는 것.
도봉산 백암산 설악산 홍도의
巨岩 덩어리들이 들썩거린다는 것.
그들 낱낱의 숨구멍들은
파동 치는 우주의 피가 관류하고 있었다.
삐져나오는 天機를 古石은 감당키 어려워
바위 꽃나무 구름 파도 섬의 윤곽을
굵은 선으로 으깨버린 것이다.
클클거리는 그들 소리에
붓은 도저히 얌전할 수 없었던 것.
낮술 몇 잔에 古石 웃음소리 들리는지
버드나무 잎들도 유난히 키들거린다.

* 朴古石(1917-2002): 화가.

Mark Knopfler

들길에서 해변으로
산기슭 마을에서 재를 넘어 멀리 보이는
강줄기 반짝반짝. 번쩍거리는
도시 밤길에서도 그는 혼자였고
함께 연주할 때에도 혼자였다.
Mark Knopfler, "Going Home"의 배후는
구름 벌레소리와 바람 물소리 발걸음이었다.
방랑의 리듬은 잠잘 때에도 그를 받들고 있어
어떤 미련도 발붙이기 어렵다.
날리는 낙엽에 부딪히면 그런대로
양어깨에 비가 고인 적은 없다.
검붉은 노을 속에서 던진 눈길이
능선 위 별빛에 머물 때는
山河의 숨소리가 들리기도 하였다.
그를 주저앉게 할 수 있는 건 없다.
애초부터 정처가 없었기 때문이다.
구름이 기약 없는 그의 종착지를 목격할 것이니
방랑을 반납한 그의 노래는

풀잎의 나부낌에 젖어 들 것이다
지상의 노래에 그늘을 깔아주는.

노출에 대하여

사거리에서 언성 높아지는 두 사람.

영하의 찬바람도 소용없다.

깜빡거리는 건널목 빨간불.

악수 나누었던 그들이 울근불근하며 등 돌렸다.

잠시 후 엄마와 아이가 신호를 기다린다.

발설하지 않는 신호등.

말소리는 마냥 노출될 수 없어 각각은 수습된다.

그들 간의 경계가 흐릿해지는 건 시간문제.

장시간 노출에는 빛과 어둠의 타협이 어렵지 않다.

노을이 그렇고 뜨겁던 커피가 식었다.

사진작가 마이클 케냐*는

그 아슴푸레한 광경을 담았다.

탈색된 적요가

작품마다 그득하였다.

* Michael Kenna(1953-): 영국 사진작가.
  장시간 노출시켜 촬영하면 풍경들의 경계가 아슴푸레해진다고 함.

한 대 수

"물 좀 주소 물 좀 주소, 목 마르요 물 좀 주소"
마른하늘 깨지는 소리에
기분 좋은 포로가 될 수 있다.
<호치민>을 노래하는 그.
배를 끌고 가는 <지렁이> 신음소리.
<하루아침>
"소주나 석 잔 마시고 가슴 한번 펴고서 노래를 한번 부르니
옆에 있는 나무가 사라지더라."
濁이 淸을 받들고 있는 목소리였다.
봄볕 바람 좋은 날 조심조심 걸으시고
낯선 음식 맛나게 드신 어머니.
자식들 웃음소리에 둥둥 떠다니시더라.
눈물이 깊으면 나무는 구름 타고
사람은 나비가 된다.
흰 구름 흰 고무신의 한대수가
언덕 너머로 가고 있다.

* 한대수(1948-): 가수. < >안은 노래 제목. " "는 노래 가사.

Angelina Jordan

7세 노르웨이 소녀.

마이크 앞에 서면 신발은 절로 벗겨진다.

노래 따라 눈물 흐르는 청중들.

그들 상처의 흔적을 구석구석 핥아 나가는 목소리.

Angelina.

눈 흰자위에 천사의 기색이 돌아

스스로는 알 수 없는 아우라에 노래는 실려

한자리에 있어도 재즈는 방랑하고 있다.

막막해하던 혼은 노래에 홀려

생각의 맨 가장자리도 훌쩍 넘어

갈 길을 놓쳐버렸나.

이정표 없는 시간의 늪에 방목된 육신이 안쓰러워

눈물은 더없는 약이 된다.

바람에 빨대 꽂힌 몸.

Angelina 노래는

맨발에 안부를 묻고 있다.

제3부

아이스크림, 不仁

시골버스 정류장.

아이스크림 먹는 부부.

버스는 어디쯤 있을까.

아이스크림은 기다리지 않는다.

바삐 오는 출렁이는 젖.

겨우 발걸음 옮기는 노인.

자식들 얘기하는 중년여성.

아이스크림은 상관하지 않는다.

날고 있는 까치.

노파 표정에는 거쳐 온 길 역력하다.

얼마 남았을까.

막 도착한 버스에 올라타는 아이스크림.

떨어지지 않는 아이스크림은

不仁*.

대상을 가리지 않는다.

* 老子의 "天地不仁, 聖人不仁"에서 차용.

파시도라

공복감이 들 때
長壽인자가 깨어난단다.
광활함을 일깨우는 空.
눈물이 투명한 것도
몸이 공하다는 거.
칙칙폭폭 호흡 따라 연소되는 길에
목숨은 굽이치는 피리.
몸 밖은 겨울나무의 흐드러진 빛살.
치솟는 새와 발걸음 장단.
갈 길 가라는 낙엽소리*
노래 없이 하루가 저물진 않는다.
공에는
파시도라 솔미파레의 변주도 통한다.
그 결이 원목탁자에 흐르고 있다.
숨결은 명암의 리듬이다.

* 강칼라 수녀(1943-)

60

공명

손닿은 금속의자.
그 차가움에 잠 깼으니
쇠붙이도 깜짝했으리.
이 느낌 도망갈까 봐
전등을 켠 순간
묵묵한 밤중은 놀랐을까.
펜에 긁히는 이면지는 또 어떨까.
숨소리도 종이에 울릴 것이다.
본래 몸은 울리고 있었다.
어느 공간이건 공명하고 있었던 것.
입 밖을 나오지 못한 말은
뼛속을 울렸을 것이다.
오랜 그 울림에
이빨에도 바람구멍 숭숭
차디찬 냉수 마시는 건 물 건너갔다.
정신 번쩍 울렸던 냉수,
그립다.

새 벽이다

새 벽이다.
투명한
공평한
유현한 벽.
점점 빛나는 벽.
눈치채기 어렵다.
어디나 벽.
땀 돌게 한다.
입김에 들킬 때가 있다.
그림자 안 보이는 벽.
눈물로 실감하곤 하나
새벽은 날마다 일으킨다.
등을 버린 적 없다.
훤해진 밖.
새벽은
새 벽에 떠밀려 나왔다.

불침번

이유 없는 추방이었다.
나한테서 나는 쫓겨났다.
거리 소음은 일방통행.
가로막는 것은 없다.
돋아난 새잎들.
잎들도 줄기에서 쫓겨나온 걸까.
몸통으로 돌아갈 순 없다.
벌써 캄캄한 어제.
생명은 방랑.
등짝엔 칼끝.
물러설 길 없어 아침마다 일어난다.
풀잎 하나 내디딜 곳도
허공뿐.
숨결마다 노크한다.
허공은 쉬지 못한다.

도원 가는 버스는 360번

도원행 버스는 역전 정류장에서
바람 험하지 않아도
비바람 눈보라 몰아쳐도 떠난다.
그가 시장에서 빈둥거리고
배추 한 단 흥정하고
탁배기에 불콰해져도
아는 사람만 아는 그 시각에
기어이 떠난다.
단양버스는 벌써 와있다.
도원 가는 버스도 분명 있다.
길 건너 모텔로 진입하는 승용차.
간이 의자에서 졸고 있는 노파.
무단 횡단하는 중노인.
택시 옆, 배 불뚝한 기사.
도원행은 아직 오지 않았다.
입에는 담배, 한 손은 오토바이 손잡이
다른 손엔 철가방 든 사내.
중앙선을 휙 가로지른다.

도원행을 그도 알고 있을까.

거울을 몇 번째 보고 있는 찻집 아가씨는

아예 상관 않는 것 같다.

도원은 잠시 지나가는 간판일까.

그래도 궁금한 도원행.

옆자리 연인들은

각자 폰에 빠져있다.

행차

빨강에 얼룩말무늬 하이힐.
심홍색 스커트 하얀 블라우스.
한 번 묶은 긴 머리.
뒷모습만 봐도 보통 정성 든 게 아니다.
웃음 속에 있어도 앞뒤좌우는 심연.
낭떠러지를 가고 있다.
샤워하고 단장할 때 입 다무는 것도
언제든 마지막이라는 거.
양도할 준비 마쳤다는 거.
진력하는 햇살.
분별 않는 바람 미련 없는 구름은
몸의 영역.
생각 없이 가는 데까지 가는
노을 너머도 아무렇지 않은
몸에
간혹 인사하기로 했다.
숨결을 만져보기로 했다.

백미러

사방을 살펴보고
휙, 갑자기 돌아봐도 안 보인다.
낮에서 밤
밤에서 낮으로
몸을 몰고 가는 실체는 뭘까.
<백미러에 비친 영상은
실물보다 가까이 보인다>
망막에 비치는 당신
속삭임도 실재보다는 가까이 있는 건가.
보고 또 보아도
그리울 수밖에 없는가.
실체는 좀처럼 잡히질 않아
외로움은 평생을 움직이게 하는 힘이다.
'실제보다 가까이 있는' 당신.
손잡고 걸어도
바람은 무진장이다.

들킨 어둠

위층 물 내리는 소리.
밤중엔 크게 들린다.
놀란 어둠, 들킨 어둠?
외로운 어둠이었나.
숨소리 하나 빠뜨리지 않는
전신을 각 뜨는
어둠.
낮에는 그림자가 암시한다.
언제든 그 모습 그대로 떠날 수 있다고.
유실되는 상처 하나 없다고.
어딜 가건 어떤 상념이건
몸 안 어둠도 일체 관여하지 않는다.
어둠 없이는 버틸 수 없는 몸.
어둠 있는 한
어디서나 나그네.
컴컴한 굴 들락거리는
개미 행렬을 보았다.

술 취한 바람

역전 광장 모퉁이.
나무그늘에 앉은 술 취한 초로의 여자.
담배연기 날리면서 늙은 사내와 히득거린다.
희끗희끗한 머리카락 나부껴
바람은 왜 그리 시원한지.
맥줏집 <입술>을 떠난 것도 벌써 수십 년.
또 한 노인 다가와
담배연기 풀리는 대로 혀도 약간은 풀려
이제는 어떤 얘기를 해도 걸릴 게 없으려나.
그들 뒤에선 철쭉꽃 극진히 시들어
오늘따라 바람은 어찌나 시원한지.
사내한테서 나온 담배개비
그녀한테 건너간다.
그들 앞을 지나가는 젊은 남녀.
짧은 치마 눈부신 다리.
바람은 또
왜 이리도 시원한지.

몸에는 꽃 천국

온갖 경전을 다 합해도
꽃을 능가하긴 어려울 것.
꽃길 따라 사람들은
꽃 얼굴로 피어난다.
꽃 마음 이렇게 터져 나올 수 있다니
천국 지옥 같은 허튼수작은
아예 꿈도 꾸지 말라는 것.
꽃기운 철철 넘치는 얼굴들.
구름 그림자 지나가든
꽃잎들 뽀얗게 휘날리든
시간은 놓아버렸다는 것.
시간은 숨죽이고 있다는 것.
한 생애 이런 순간 몇 안 된다 해도
몸에는 꽃 천국 깔려있다.
촉촉한 웃음소리
몸 밖에는 없다.

꽃들은 소리 낼 수 없다

꽃잎은 로켓 연료.
뽀얀 꽃들 휘날리니
새잎은 돋아
줄기마다 가지마다 밤낮없이 날아간다.
지구를 타고 날아간다.

사람들 말소리도
떠돌게 하는 연료.
소리소리 뿌리면서 몸은 세상을 통과한다.
외로움은 그중에서도 고농축 연료.
햇살로도 어찌할 수 없는 냉기.
눈물이 녹이곤 한다.

사방팔방 날리는 꽃잎 속에서
몸 또한 떠나는 줄은
눈치 채지 못할 것이다.
꽃들은 차마
어떤 소리도 낼 수 없는 것이다.

식지 않는 어둠

급정거한 대형트럭.
"야, 새꺄, 죽고 싶어?
차 오는 것도 안 보여?
환장했나, 새끼가…"
어둠에서 터져 나왔다.
목구멍 들여다보면
얼마나 캄캄한가.
컴컴하게 얼어있는 숲.
한 입 깨문 사과.
즙에는 어둠의 맛도 있다.
웃음소리도 어둠 덕에
무너지지 않는다.
어둠 현을 건드리는 숨소리.
잠든 아내한테서 흘러나온다.
식지 않는 어둠.
숨길 받들고 있는
심연이다.

사이는 푸르다

계단 턱과 턱 사이 노랑 민들레.

가시를 딛고 오르는 장미 울타리.

버스 허리에 뮤지컬 광고 MATAHARI.

그녀는 이중 첩자였었나.

꽃잎마다 퍼런 칼날 물고 있다.

트트트트 달리는 오토바이.

사내 등에 바짝 붙은 여자.

그래도 사이는 피할 수 없다.

새로 돋은 느티나무 잎과 잎도 기댈 건 사이뿐.

"그늘 지나가니 술 주전자 서늘하다."*

사이는 서늘한 관대.

전화하다가 뛰어가는 사람.

발걸음 사이사이는 푸르다.

가로수 썩는 밑둥치에 왕성한 버섯.

생사에도 시퍼런 사이가 있다.

뭉개질 수 없는 사이가 있다.

* 陰過酒樽凉 : 양기훈(1843 - ?).

쓴맛의 그늘

마신 후 쓴맛 따라오는 커피를
선호하는 커피마니아.
잎 지는 가을 저녁.
홍시 능금 대추도 잎은 달지 않아
연보라 꽃 푸짐했던 라일락 잎은
푸르르 몸 떨리던 맛.
화사한 꽃을
쓴맛이 받들고 있었다.
매운 굴뚝 연기.
쓴 하루였다.
쓰디쓴 그리움에 인생은 썩지 않는다.
생과 사를 이어주는 쓴맛의 그늘 속에
당신은 웃고 있다.
웃음소리 왕왕할 때
그늘은 떨리기도 한다.

精算

숨넘어갈 때
혀는 무거워 천근이란다.
舌, 千의 입(口)을 가진 혀.
千의 千 배 이상 휘갈긴
맘대로 멋대로
입 다물어도 굴리곤 하던 혀.
마지막 입을 닫는
혀 무게는
精算에서 나왔다.
평생 날려 보냈던 말소리.
그 총합의 무게.
정산이었다.
한 생애 웃음과 외로움도
최후의 눈물로 정산.
해와 달 전혀 흔들린 적 없는
정산이었다.

제4부

난해한 진주

밤새도록 어둠에 소독되었다.
머릿속 탈탈 털리고
몸무게는 심연이었다.
이웃 별들과의 교신이
꿈속을 들락거리기도 하나
모두가 받침이 없는 언어였다.
아무런 반감이 들지 않아
깨어나도 시비가 생기지 않는다.
들고나는 잠의 문턱을
지키고 있는 이슬.
차가운 침묵이 어디에나 뿌려져 있다.
아침 햇살에 그 사연들
영롱하게 드러나는 것이다.
이를 데 없이 난해한
진주가 되는 것이다.

말소리도 물든다

말소리에도 마디마디 물든다.
웃음소리 그림자 끝에 이슬 맺히고
강이란 강은
그 모든 늑골을 펼쳐
바람을 받들고 있다.
한 점 빠뜨리지 않고 받들고 있다.
풀벌레소리 멀리 갈 수 있는 것은
통째로 느껴지는 바람 덕이다.
봄여름 내내 지상을 달뜨게 했던
바람.
차마 훌쩍 떠나기는 어려워
마지막 몸부림은
울긋불긋한 상흔으로 남긴다.
떠날 때는 짙푸른 살 버릴 수밖에 없어
차게 돌아설 밖에 없어
담벼락 담쟁이 잎도
멍든 뼈대가 드러났다.
눈길 닿는 곳마다 서늘한 것은

버려지는 바람의 살이 보이는 탓.
이른 새벽 차가운 것도
바람의 시퍼런 뒷모습
날 세운 뒷모습 탓이다.

귀,

물음표 형상.
정수리를 공중에 올려놓은
마구 문지르면 머릿속 시원해지는
귀, 상하좌우
뒤를 보는 눈.
씻는다고 영영 씻겨질까.
뱉은 말은 행방을 몰라도
들은 귀는 천 리를 간다.
쉽게 털리지 않는
고독하면 잘 들리는
귀,
고흐가 잘라버린
뭉크가 틀어막는
그러나 질리지 않는
귀, 귀뚜라미 소리.

수평선

녹슬지 않는 수평선.

그 아래

각종 냄새와 소리가 달려있다.

눈물과 웃음도 맘 놓고 펼쳐진다.

낮과 밤이 교대로 들락거려도

닳지 않는 수평선.

가도 가도 늘 앞서있는

수평선 따라

마음도 좀처럼 시들지 않는다.

몸은 서서히 무너져가도

눈빛은

수평선 너머를 꿈꿀 수 있다.

팽팽하게 젖은 선이

숨죽일 때가 있다.

라라 딸의

투기디데스 옆집 아저씨의 91대손.

호라티우스 72대 후손.

라라 딸의 둘째 아들.

타고르 친구의 증손자를 보았다.

잉그리드 버거만 동생의 딸.

징기스칸 직계 31대의 사촌.

케냐 구릉과

파키스탄 골짝에서 온 사내들.

하노이 바닷가에서 온 그녀를

지하철에서 마주쳤고

울란바토르 외곽 고원 태생의 노인을

아침 버스에서 만났다.

입이 마르도록 주워섬겨도

바닥나지 않는 사람들.

위태롭기도 했던 그들의 배후가 빤히 보였으나

말없이 지나쳤다.

토론토 다운타운을 한 시간만 걸어도

알만한 이들 너무 많지만

그냥 스쳐 갔다.
침묵하고 있어도
그들 내력을 몽땅 꿰고 있는 바람이
고하고 있었다.
귀 아프지 않도록
시원하게 알려주고 있었다.

웃고 있는 그림자

90 넘은 유명 철학자.
60에서 75세 무렵까지가
황금기였다며
다시는 젊은 시절로
가고 싶지 않다고 한다.

철없고 너무 힘들었다는 그때가
지금 그를 통해
클클 웃고 있다.
협박당한 적이 있다는데
몸은 일렁거리고 있다.

한 번도 그를 떠나지 않은
그의 그림자도 웃고 있다.
소리 죽여
큭큭 거리고 있다.

녹

고속도로 옆 외딴집.
여름 내내 꼭 닫힌 방문.
떨어져 나간 대문.
검붉은 녹 뒤집어쓴 경운기.
짱짱한 녹 기운.
잡초는 깡깡 하다.

녹스는 일은 얼마나 깊을까.
잴 수는 있을까.
지금쯤
밤이슬에 한숨 돌릴지 모른다.
외로움의 깊이는
찬 이슬에 스밀 것이다.

귀뚜라미 소리에 실린 녹.
열리지 않는 입은
펜에 기대어 있다.

꽃을 핥고 가도

적도 근처 불볕 속을 걷는다.
야자수 창날 잎사귀.
잡념은 도망가버렸나.
걷고 또 걸을 뿐.
한 달만 이렇게 걸으면
상념들도 희게 빛바래려나.
머릿속에는
새 활주로가 펼쳐지려나.
다가오는 백일홍.
꽃은
땡볕을 피하지 않는다.
작열하는 태양 아래
노박이로 걷고 있는 이 시간.
구름 그림자 꽃을 핥고 가도
흔적 하나 남기지 않는다.

돌아볼 수 없는 순간은

풀밭을 콕콕, 먹이 찾는 새.
대여섯 번 그러다 보면
벌레 한 마리 잡힌다.
다리와 목이 길다란 새.
연이은 차 소리에도
그늘진 곳을 수색하고 있다.
파먹을 게 그늘에 많다는 건가.
나도 그늘에서 지켜보고 있었다.
눈길 마주친 그
훌쩍 날아올랐다.
돌아볼 수 없는 저 순간은
떠날 수 있는 힘이 된다.
바람이
움푹 패였을 것이다.

반송되었다

태평양 너머 보낸 우편물.
한 달 이상 돌고 돌아 반송되었다.
걸레 되어 왔다.
손에 손을 거쳐
바람과 땡볕의 잔해가
옆구리로 터져버렸다.
헤지고 찢긴 봉투.
내용물은 남아있었다.
만지고 또 만져보았다.
보냈을 때
내다보기 어려웠던 여정이
있었던 것.
가늠할 수 없는 구름의 변용이
있었던 것이다.
가슴에 안아보았다.
심장 고동소리를
받아주고 있었다.

빛나는 신음

조잘조잘 흐르던 강물.
멈출 수 없었다.
칼날 절벽.
하얗게 참수되는
물줄기.
절규하는 물보라.
그들의 빛나는 신음은
무지개로 전환된다.
부서지고 부서진 물가루가
무지개 집이 된다.

포위되어 있었다

망망대해 유람선
벌어진 춤판.
바다가 얼마나 깊은지는
끝이 보이기나 하는지는
아무도 관심 없는 사람들 몸짓과 노래.
깜냥에 들어오지 않는 깊이와 넓이일 바엔
앞뒤 없는 춤이 그중 잘 어울릴 터.
무심한 구름과
푸르디푸른 바다에 걸맞은 일은
춤추는 일.
내가 나를 모르는 일.
다시 둘러보니
짙푸른 바다와 하늘에
포위되어 있었다.
노래와 춤도
포위되어 있었다.

젖은 꽃

이른 아침 해변에
새들의 발자국.
별빛과 바람으로도
어떻게 해볼 수 없었던
기어이 태양을 떠오르게 하는
꽃 형상이다.
지상에 음각된
젖은 꽃이다.

전력질주

全力으로 날고 있는 새.
나무 돌멩이 철근콘크리트도
全力으로 있다.
하품 미소 주름살도
盡力하고 있다.
온 힘을 쏟고 있는
낙엽과 시드는 풀잎.
풍경소리 구름도 언제나 진력 중이다.
"전력 질주한 선수"로
기억되고 싶다는 그*.
잡념이 꼼짝 못 하는
전력질주.
나를 벗어나고 싶은 나.
몸은 전력을 다해 소멸로 가고 있다.
누구도 막을 수 없는 속도다.

* 야구선수 양준혁.

울트라 블루

울트라 블루.

날 선 메스로 스윽 그으면

그 안에 구름 소금 자욱하다.

팔을 쑤욱 밀어 넣어 더듬어보면

암벽 봉우리 골짜기들 민낯이 만져진다.

거칠고 축축한 것은

블루의 잔뿌리가 뻗어있다는 것.

새끼손가락으로 콕 찍어 맛보면 약간 짭짤한데

귀를 바짝 갖다 대면

깊은 흐느낌 소리가 들릴락 말락 한다.

울트라 블루, 하지만

없는 마음으로 어루만져보면

아기 맨살과 다르지 않다.

그 감촉에 그는*블루 늪을 가고 있다.

발등에 부서지는 무지개 파편을 차면서

겁 없이 가고 있다.

* 사진작가 이창수.

의자를 위하여

떠도는 몸.
너덜너덜한 상념.
멍들고 깨지고 조각난 마음을
조건 없이 받아주는
의자.
옷 냄새도 의자에 기댄다.
꽃잎도 의자일까.
눈길 잠시 내려놓게 하는
의자일까.
어떤 사연 어떤 눈빛도
그대로 수용하는 의자.
삐걱거리고
빛과 향 뭉그러지고
그 자리에서 의자를 상실해도
의자의 의자는
없어지지 않는다.
모든 의자는 슬프다.

제5부

핥다

짙어가는 노을은
놓아버리기 아쉬운 하루를
핥고 또 핥는다.
지는 꽃잎
담배 연기
숨넘어가는 소리도 놓치지 않는다.
새끼를 거듭 핥고 있는 어미 개.
당신 뒷모습
발자국 하나하나를
기척 없이 핥고 또 핥는
적요.
혀를 내밀어 보았다.
허공에 물릴 뻔했다.
중무장한 齒列 안쪽에
혀.
노을은
어둠의 혓바닥이었다.

장담할 수 없다

술집에서 들리는 소리.
"그놈을 다시 볼 일은 없어.
절대 없다."
없다, 가 메아리친다.
술 들이켜는 소리.
담배연기도 서성거린다.
앞뒤 상관없이 없어져 가는 나를
없다, 는 언제나 반긴다.
다시 술잔 부딪치는 소리.
없다, 가 꿈틀.
지금, 은
없다, 의 출입구.
없다, 는 없다.

무모하게도

물푸레나무 백양 아카시아
바위 개미 지렁이 옆에서
글을 생각하다니.
까마귀 소리 아이들 소리
허공 냄새에
글줄기를 떠올리다니.
물줄기를 거슬러
눈길 멀리 던져본다.
나무줄기, 잎과 잎 사이의
빛줄기.
가만,
내 목줄기를 만져본다.
뜨신 외줄이
공허에 걸려 있다.
깊이도 모른 채 걸려 있다.

하마터면

고양이도 잠꼬대하는가 보다.
깨어있을 때 못 듣던 소리가 난다.
꿈속에선 나도 계곡을 건너뛰었다.
이상스런 소리를 질렀다고 한다.
나무에서 나무로 나는 새를
고양이가 주시하고 있다.
먹다가 기척에 휙 돌아보고
낯선 소리에 앞발 하나 든 채 멈춘다.
뜻밖의 상념에
나도 젓가락을 멈춘 적 있었다.
사람이 될 뻔했던 고양이.
고양이가 될 뻔한 나.
새가 될 뻔했고
나무가 될 뻔했다.
하마터면
슬픔을 벗어날 뻔했다.
바위의 심장을 만질 뻔했다.

바람의 노래

바람의 노래에 붙들려 있었네.
귀향 처 알 길 없는 바람에
그녀가 붙들려 있다네.
어제 바람 다시 오질 않아도
내일 바람 장담할 수 없어도
지금은 다만 바람의 노래에 맡길 뿐.
세포 하나하나, 골수 밑바닥을 온통 맡길 뿐이네.
이승에만 통할 수는 없어
먼 길 돌아* 노래 끝 보이질 않으니
바람 따라 노래는 멈출 수 없다네.
인연 따라 슬픔은 그칠 길 없다네.
지는 꽃잎 천지사방 흩날리거나
돌아갈 곳 봄마다 망설이는 한
언제나 노래는 맴돌고 있겠네.
그대 곁을 떠날 수 없겠네.

.
* 가수 이선희 노래 "인연"의 일부

"숨바꼭질"
—박신숙 Grow-old 展

나뭇가지마다 금빛 광채.
줄기에는 물소리 수런거려
바람은 숨바꼭질하는 하루.
쌓이고 쌓인 하루는
노을로 으깨진다.
떠난 겨울과 올여름은
봄 나무에서 꽃으로 풀려
나무그늘 아래서는
수다가 활개 칠 수 있다.
카센터 흠집제거 전기광택
옆집 갈치조림 草牧도
바람에 광택 난다.
입술 손보는 여자.
신나는 거울.
당신의 숨바꼭질에 걸려들고 싶어
얼마나 애태웠던가.
지금은 나무가 숨통.
내 하품이 증거가 된다.

우주나무 실뿌리 하나로
지상은 숨 쉬고 있다.
나무가 없다면
별빛도 꼼짝 못 했을 것이다.
불어가는 붉은 숨.
마중 오는 어둠에
산책 나선 나무들.

* "숨바꼭질", '쌓인 하루', '산책'은 작품제목 참조.

뼈와 뼈 사이

찢어지고 나부끼는 단풍잎.
바람의 뼈가
한사코 간섭한다.
구멍도 뼈가 붙들고 있어
무너지지 않는다.
손으로 얼굴 문지를 때
손바닥에 각인되는 해골.
울퉁불퉁한 뼈대.
손을 떼는 순간
바람은 간 볼 것이다.
생과 사의 거리가 얼마나 되는지.
뼈와 뼈 사이가 얼마나 깊은지.

침묵은 나그네

침묵은
나를 실어 날랐다.
사방 어디에서나
기다리는 동무.
발자국 소리만으로도 통해
가끔은 물어보고 싶었다.
침묵을 몸이 넘어설 수 있는지.

"연 8%야. 좋은 조건이라구.
놓치면 아깝다니까."
어떤 얘기든 침묵의 밥.
방금 떨어진 산비둘기 소리.
침묵엔 바닥이 없다.
그래도 건드려보고 싶다.
팔 뻗어 한 번
건드려보고 싶다.

백지 사막

밤중에 들숨 날숨소리.
그 마찰음에 매달려 어둠을 건너간다.
차마고도 협곡을 도하하는
도르래에 걸린 말들.
발버둥 치는 비명은
천길 계곡 물소리에 먹혔지.
통째로 깨끗하게 먹혔지.

외등 불빛 아래서 볼펜에 긁혀나가는 백지.
고쳐 쓰고 그어버리고
머뭇거리다가 밀고 나가다가
또 북북 긋고 있는 작태.
백지 침묵이 이토록 무거웠던가.
백지 사막 어디쯤
나는 가고 있는 걸까.
연신 지워지는 발자국.
가기는 가는 걸까.

빛나는 古宮

까마득한 과거와
아득한 미래가
몸에 기댄 채
콸콸 빛으로 넘실거린다.
몸 없으면 어둠도
중구난방을 꿈꾸지 못할 것이다.
갑자기 터지는 여자 웃음소리.
진저리치는 전후좌우의 시간.
새가 솟구치고
개나리는 노랑 피
제비꽃은 보라 피를 쏟고 있다.
돌아보는 아이.
햇살은 그대로 얼어버렸다.
악수를 풀지 못하는 어제와 내일.
지금은 언제나
발바닥을 모시고 있어
발걸음 무게를 잊을 수 있다.
古宮이 빛나고 있다.

향기에 걸어두고 싶다

솔밭공원에서 얻은 소나무 가지를
어깨에 걸고 왔다.
사람 형태의 큼직한 나뭇가지.
만질수록 악기 느낌이 들어
손가락으로 건반 두들기는 시늉도 해본다.
지나가는 사람들이 힐끗 쳐다보지만
나무 냄새 맡으며
퇴직할 때까지 친구로 지내자고 속삭였다.
사무실에 내려놓고 보니
옷가슴 쪽에 송진이 묻어있다.
심장소리를 들었나.
물 적신 손수건으로도 안 지워진다.
가지 윗부분, 도끼질로 갈라진 곳은
말하는 형상.
내 멋대로 통역해보고 싶지만
그런 생각은 썩 좋지 않을 것이다.
잘린 가지도 향은 매한가지.
변함없을 나무의 향기에

수시로 변하는 내 마음 걸어두고 싶다.
아무도 모르는 비밀로
내 모두를 걸어두고 싶다.

철갑 이슬

겨울 저녁 밥집 유리창에 물기 흘러내린다.
뿌연 김 사이사이로
밥 먹는 사람들을 기웃거리는 어둠.
창문에 바짝 붙어 들여다볼수록
수증기는 눈물이 되어버린다.
광막한 차가움이라 한들
차마 눈물을 뚫으랴.
눈물만 한 완충지대는 없다.
어둠을 건너온 시든 풀잎과 고철.
그들에 맺힌 이슬도 밤새 어둠에 맞서있었다.
철갑 이슬이라 해도 틀리지 않다.
부식되고 소멸되는 아픔을
이슬만큼 누그러뜨리는 것은 없다.
눈물만큼 달래주는 것은 없다.
유리창을 흐르는 물줄기.
멈출 기미가 안 보인다.

사람들 밥 다 먹도록
도통 멈추질 않는다.

빵, 빵빵

빵은 깨트린다.
몸에 빵이 들어가면
낡은 적혈구 백혈구를
빵빵 깨트린다.
그 소리에 죽음도 깨어난다.
'빵' 터지는 총구멍.
빵에는 사라지게 하는 힘이 있다.
빵이 있는 한 죽음은 시들 수 없다.

지나가는 차들이 빵빵.
구름 속을 해가 빵빵.
빵에는 브레이크가 걸린다.
찢어지지 않는 빵은 빵이 아니다.
빵으로 날마다 새롭게 터질 수 있는 몸.
산책길에 빵 냄새를 맡았다.
빵빵하게 하루가 부풀었다.

시

투명한 비닐우산을 통해
쏟아지는 눈송이를 올려본다.
소나무 숲을 걷다가도
올려다보곤 한다.
고개를 젖혀서 보고 있으면
픽, 웃음이 나곤 하는데
'시'도 들춰보고 싶다.
하필 치마나 스커트가 떠오를 게 뭐람.
비밀스럽게 보이는 것에는
몸을 일렁이게 하는 힘이 있다.
그 힘에서 뻗어 나가는 줄은
좀처럼 끊어지지 않는다.
시, 'ㅅ'을 떡하니 붙들고 있는
햇살 장대(ㅣ)가 곁에 있는 한
홀라당 뒤집어지진 않는다.
밑천, 쉽게 보여주진 않는다.

해설

다른 방식으로 보기

고 봉 준 (문학평론가)

다른 방식으로 보기

고봉준

설태수에게 시인은 '보는 자'이다. 어떤 시인들은 이러한 시인의 존재론을 강조하기 위해 의도적으로 '보다', '본다', '보았다' 등의 술어를 반복적으로 사용하기도 한다. 하지만 설태수의 시에서 시인은 그러한 술어의 사용과 상관없이 '보는 자'로 등장한다. 시인을 가리켜 '보는 자'라고 말할 때, 시인이 보는 것, 즉 응시의 대상은 무엇일까? "겨울 문의文義에 가서 보았다"(고은, 「문의 마을에 가서」), "겨울 바다에 가 보았지"(김남조, 「겨울 바다」), "어제 저녁 관념의 마을에 가서/ 나는 보았다"(오규원, 「김씨의 마을」) 등처럼 시인들에게 '보는' 행위는 일차적으로는 현상적인 대상에서 시작되지만 궁극적으로는 현상과는 다른 것, 현상 너머의 어떤 것을 발견 또는 포착하는 것을 가리킨다. 흔히 이러한 응시의 시종始終을 현상과 본질이라고 부르지만, 이때의 '본질'은 철학적인 의미의 진眞과는 다른 것이다. 그것은 '감각적인 것'이 시간의 지평에서 사라짐으로써 비非시간적으로 존재하게 하는 사건, 그러니까 기존에 존재하던 대상의 물질적인 존재감이 사라지고 대신 그것에 내속하고 있던 비非가시적인 어떤 것이 현시되는 순간에 대한 감응이고 그것의 언어적 표현이다.

  일상의 세계에서 사물 또는 대상에 대한 우리의 시선은 철저하게 실용적인 목적, 즉 도구성에 의해 지배된다. 우리의 감각과 시선을 지배하는 이러한 힘 때문에 인간은 대상에 대한 신체의 감각능력, 흔히 감수성이라고 말하는 능력을 상실한 채 살아간다. 경험의 층위에서 보면 동일한 대상은 존재하지 않는다. 그것은 경험의 주체는 물론 대상이 놓인 맥락에 따라 다르게 경험되며, 이러한 경험적 진실에 근거하여 사물에 대한 감응을 언어화하는 것이 시의 출발점이다. 그럼에도 불구하고 우리가 늘 특정한 대상을 동일한 것으로 받아들이는 이유는 경험보다는 이해, 즉 인식의 힘이 강하기 때문이고, 사물 또는 대상에 대한 우리의 감각능력이 경화硬化되어 있기 때문이다. 모든 예술은 이 경화된 감각능력을 해체/재구성하여 사물과의 새로운 관계를 경험하게 하려는 실험이고, 궁극적으로는 일상의 세계를 지배하는 힘 때문에 상실한 감각능력을 회복하여 지금과는 다른 삶의 방식을 창안하려는 혁명의 일부이다. 설태수의 시는 이 실험과 혁명을 일상적인 질서로 인해 은폐된 사물의 이면과 본질을 투시하는 '보는 행위'를 통해 수행하고 있다. "이걸 벗어나려고 시에 기대지만/ 습관의 관성은 너무 세다."(「섭리는 일회성」)라는 진술처럼 시인은 '시'가 일상적·통속적인 감각에서 벗어나는 유력한 '길'임을 모르지 않지만, "시에 덤벼드는 자./ 어쩌다 시의 급소를 한방 멕인 줄 알고/ 잠깐 쾌재를 불렀으나/ 아무렇지 않게 버티고 있는 시."(「거목은 잎을 떨구고」)
라는 성찰적인 목소리에서 드러나듯이 '습관의 관성'에서 벗어
나는 일이 결코 쉽지 않음도 또한 알고 있다. "삶이 전투임을 실
감할 때가 적지 않았지./ 그것도 외줄 위에서 퇴로가 보이질 않
아/ 자폭하고 싶기도 했지."(「전방이었다」) 같은 간절함의 상태
는 삶과 일상에 대한 이러한 성찰적 시선이 전제되지 않으면
발생하지 않는다.

마신 후 쓴맛 따라오는 커피를
선호하는 커피마니아.
잎 지는 가을 저녁.
홍시 능금 대추도 잎은 달지 않아
연보라 꽃 푸짐했던 라일락 잎은
푸르르 몸 떨리던 맛.
화사한 꽃을
쓴맛이 받들고 있었다.
매운 굴뚝 연기.
쓴 하루였다.
쓰디쓴 그리움에 인생은 썩지 않는다.
생과 사를 이어주는 쓴맛의 그늘 속에
당신은 웃고 있다.
웃음소리 왕왕할 때
그늘은 떨리기도 한다.

전작前作 『그림자를 뜯다』(2015)에서 설태수가 주목한 것은 '그림자'와 '그늘'이었다. "소 몇 마리,// 땡볕 아래 그들은// 자신의 그림자를 뜯고 있었다."(「그림자를 뜯다」), "내일, 한 달, 백 년 뒤의 자신이 궁금하면/ 당신의 그림자를 열어보면 된다."(「중력의 그늘에는」) 등처럼 그는 사물이나 대상이 아니라 그것의 '그림자/그늘'을 통해 존재에 접근했다. 시인은 사물이나 대상을 보는 자가 아니라 그것들의 존재의 터전인 '그림자'와 '그늘'을 보는 존재이다. 이러한 그늘 경험은 이번 시집에서 "한 생애 흔적은 빛의 그늘일 터./ 낱낱이는 헤아리기 어려운/ 추상의 잔영일 터."(「익명의 땅」)이나 "구름들 저마다 그늘 지닌 것도/ 상하지 않는 푸르름 때문."(「푸른 묘혈」), "쓰디쓴 그리움에 인생은 썩지 않는다/ 생과 사를 이어주는 쓴맛의 그늘 속에"(「쓴맛의 그늘」) 같은 '그림자/그늘'의 사유로 이어지고 있다. 시인에게 '그림자/그늘'은 단순한 광학적 현상이 아니다. 때로 그것은 한 생애의 흔적, 그러니까 한 생명체가 존재했었다는 사실을 알려주는 존재의 흔적으로서의 시간성을 의미하는 것이고, 또 때로는 화려한 현존의 이면에 숨겨져 있는, 그렇지만 그것 없이는 현존이 불가능한 존재의 터전 같은 것으로 경험되기도 한다. 이러한 현존과 '그림자/그늘'의 인식은 달콤한 열매와 그것을 받치고 있는 '쓴맛'의 잎("화사한 꽃을/ 쓴맛이 받들고 있었다."), 또는 "쓰디쓴 그리움에 인생은 썩지 않는다."처럼 생生의 심연을 드러내는 장치로 기능한다. 만일 모든 사물의 물체적인 면을 '몸'이라고 말한다면, "몸은/ 그림자를 거느린다./ 까만 심연 같기도 하여/ 깊이를 알 수 없는."(「그림자를 위하여」, 『푸른 그늘 속으로』)이라는 진술처럼 모든 '몸'은 그림자를 거느릴 수밖에 없다는 '그림자/그늘'의 존재론이 성립하게 된다.

육즙은 다 내주고 뼈대만 남은 사과.
며칠 후 바짝 말라 장구 형상이다.
사과향도 떠나버렸으나
씨를 품고 있는 자세는 여전히 견고하다.
골격과 씨만 남는 과정은
사람의 일생과 다르지 않다.
바람에 살 내주는 여정이
한 생이었다.
바람칼이 손대지 않는 곳은 없다.
바람만큼 칼질 잘하는 백정은 없다.
매일 단장하는 얼굴도
통증 없이 살을 발라내어
어느새 쭈글쭈글한 거죽만 남겨둔다.
누구 하나 꼼짝 못 한다.
살아가는 세금이었으니까
생의 탈세는 없다.
야위어가는 육신을 지켜보는 들숨날숨.

바람보다 철저한 징세관은 없다.

산천초목도 예외는 아니다.

바람도 힘들었을지 모른다.

- 「완벽한 징세」 전문

설태수의 시에서 '사물/대상'에 대한 시인의 관계는 인식론이 아니라 존재론적이다. 다시 말하면 그것은 시인-주체의 이성 적 사유를 통해 도달한 진리가 아니라 '사물/대상'이 시인에게 경험되는 순간의 인상적인 경험에서 시작된 것이다. 시인은 인 식의 산물이 아닌 '사물/대상'의 진실을 "이 그림에서 얻은 상 像은 적어도/'사유'는 벗어나 있다."(「반가커피상」)라는 진술처 럼 '사유 너머'의 것이라고 제시한다. 이 주장에 따르면 '보는 것', 즉 시적 응시는 인식과 사유 너머의 세계를 지향한다는 점 에서 '사물/대상'으로 환원되지 않지만, '사물/대상'의 '몸'에 서 시작된다는 점에서 그것과 무관하다고 말할 수도 없다. 실제 로 '그림자/그늘'의 존재론은 주체의 능동적인 인식에서 출발 하지 않고 사물의 말 건넴에 대한 응답, 또는 '사물/대상'에 매 혹됨으로써 시작된다. 시인에 따르면 매혹된다는 것은 "보이는 것들에 끌린다./ 냄새나는 것들/ 들리는 것들/ 촉감에 꿈틀한 다."(「그들은 가볍다」)처럼 감각적으로 반응한다는 의미이다. 이 반응이 언제나 만족할만한 성공으로 마무리되는 것은 물론 아 니다. "무지갯빛으로 출렁이는 그물./ 잔치 빛깔은 절체절명과 통해 있다."(「섭리는 일회성」)라는 날카로운 지적처럼 일상에서

'무지개'의 잔치 빛깔과 '절체절명'의 순간은 쉽게 구분되지 않는다. 그렇지만 이 반응이 이미-항상 실패로 귀결되는 것도 아니다. "어디서나 현재는 백지."(「주의사항」)라는 말처럼 '현재'는 또한 메시아가 도래하는 해방의 순간이기도 하기 때문이다.

시인은 육즙이 모두 사라져 "뼈대만 남은 사과"를 본다. 그것은 '장구'의 형상을 닮았다. "꽃은 지금이다", "존재하는 것은 향으로 버틴다"(「꽃은 지금이다」)라는 진술처럼 시인에게 존재한다는 것은 현존한다는 것이고, 현존한다는 것은 고유의 '향/체취'를 발산한다는 의미이다. 그러므로 "사과향도 떠나버렸으냐"라는 진술은 사과로서의 존재감을 상실했다는 의미로 읽을 수 있다. 그런데 시인은 이 존재감을 상실한 '뼈대만 남은 사과'에서 물성物性 이상의 어떤 것을 발견, 즉 본다. "씨를 품고 있는 자세"가 바로 그것이다. 시인은 '향'과 '육즙', 그러니까 과일로서의 매혹을 모두 잃어버렸으면서도 "씨를 품고 있는 자세"를 상실하지 않은 "뼈대만 남은 사과"에서 과일 이상의 의미, 즉 "사람의 일생과 다르지 않"은 면모를 보고 있다. "바람에 살 내주는 여정이/ 한 생"이라는 생각에 따르면 '향'과 '육즙'을 잃었지만 "씨를 품고 있는 자세"만은 나무랄 데 없는 사과의 형상은 바람에 살 내주면서 늙어가는 삶의 과정과 유비 관계를 이룬다. 그래서 "매일 단장하는 얼굴도/ 통증 없이 살을 발라내어/ 어느새 쭈글쭈글한 거죽만 남겨둔다."라는 표현은 '사과'에 대한 것인 동시에 '인간'에 대한 것이라고 읽어도 무방하다. 아니, 시인은 그렇게 읽히길 원할 것이다. 시인은 이 쇠락과 늙음을 "살아가는 세금"이라고, 그리하여 노화에서 자유롭지 못한 모든 생명체가 결코 '탈세'할 수 없는 대가代價라고 보고 있다.

소방차 셋 사다리차 구급차 경찰차가
비상등으로 달린다.
물드는 잎도 경적소리에 움찔할까.
시詩가 맡긴 자유는 구속이 될 수 있다.
간밤엔 노래 "Brothers in Arms"에 잠겼다.
삶이 전투임을 실감할 때가 적지 않았지.
그것도 외줄 위에서 퇴로가 보이질 않아
자폭하고 싶기도 했지.
그간 전술이 좀 생겼나.
한동안 잠잠하다 했는데
오늘 또 지뢰를 밟을 뻔했다.
생에는 공터가 잘 안 보인다.
소방차들 언제 돌아올지 모른 채
담뱃불 붙이는 남자.
연소되는 몸을 여실히 보여주고 있다.
꽁초를 툭, 그의 몸이 튕겨 나간다.

- 「전방이었다」 전문

이처럼 사물/대상에서 그것 이상의 의미를, 신체적인 물성物性 이상의 존재의 의미를 포착할 때 시인은 '보는 자'가 된다. '보는 자'는 세계를 기존의 방식과 감각으로 보지 않는다. 그런 한 에서 그는 '현재', 즉 온갖 선입견에 의해 지배되는 지금 이 순간을 끊임없이 '백지'(「주의사항」)로 되돌려놓는 존재이고, "습관의 관성"(「섭리는 일회성」)과 싸우는 존재이다. 시인이 미국 시인 월러스 스티븐슨Wallace Stevens의 「지빠귀 새를 바라보는 열세 가지 방식」에서 착안하여 쓴 「은행나무를 바라보는 열세 가지 방식」은 기성 질서를 백지로 만드는 행위와, 하나의 사물/대상을 다양한 방식으로 감각/경험하는 행위가 궁극적으로는 상통한다는 것을 말해준다. 이 '보는 자'로서의 시인에게는 근대적 이성주의가 창조한 '자연'과 '인간'이라는 분할은 물론, 실용적 가치, 개념적 인식 등의 일체가 무의미하다. 시인은 지금 이곳에서 다른 세계를 보는 자이고, 이것, 즉 사물/대상에서 다른 형상을 발견하는 자이다. 고대의 철학자 헤라클레이토스는 "자연은 자신을 숨기기를 좋아한다."라는 유명한 말을 남겼다. 하이데거가 주장한 알레테이아aletheia, 즉 탈脫은폐로서의 진리 역시 인간의 왜곡된 감각으로는 포착할 수 없는 것을 드러내는 일이라는 점에서 '보는 자'라는 문제의식과 크게 다르지 않다. 이렇게 '보는 것'이 사물의 현상적인 측면을 관찰하는 것이 아닐 때, 관습과 상식으로 이름으로 우리에게 강요된 '보는 방식'을 벗어나는 새롭고, 대안적인 '보는 방식'을 창조하는 행위가 될 때, 우리의 일상은 '지뢰'가 숨겨져 있는 전장戰場이 된다. 이런 점에서 "생에는 공터가 잘 안 보인다."라는 진술은 의미심장하다.

영국의 비평가 존 버거는 기존의 강단비평에 반발하여 새로운 비평적 시각을 제시한 자신의 책에 'Ways of Seeing'이라는 제목을 붙였다. '다른 방식으로 보기'라는 제목으로 국내에 번역된 이 책은 유일무이한 것으로 간주되던 기존의 비평적 시각, 즉 'The Way of Seeing'과 비교할 때에만 정확히 읽힌다. 존 버거는 '본다는 것'이 단순한 광학적 현상이 아니라 권력의 일부임을 깨달았고, 예술은 물론 비평의 가능성을 '다른 방식으로 보기'에서 찾은 것이다. 우리가 '예술'을 가리켜 '창조'라고 말할 때, 그것은 결국 세상에 존재하지 않던 어떤 것을 만든다는 의미보다는 특정한 사물/대상을 기존과는 다른 방식으로 본다는 것에 훨씬 가깝다. 가령 시인은 「美, 美, 美」에서 'Beauty'라는 단어를 아름다움美이 아니라 'Be'라는 존재의 맥락에서 이해한다. 또한 그는 「혀를 맡기다」에서는 "꽃잎도 새잎도 혀"라는 진술처럼 식물의 '잎'을 '혀'로 본다. 동물과 식물의 경계, 사전적 의미와 해석의 경계를 넘나드는 이러한 '보는 방식'이야말로 시인의 존재이유라고 말한다면, "세상은 거대한 병영./ 관습으로 무장한 군대로 보여/ 곰팡내 진동하는 사람들 눈빛을/ 그녀는 부수고 싶었던 것./ 현재는 혁명의 피가 들끓고 있다."(「레이디 가가는」)처럼 레이디 가가Lady GaGa의 퍼포먼스가 왜 '혁명'이라는 단어와 연결되는지 쉽게 이해할 수 있을 것이다.

계단 턱과 턱 사이 노랑 민들레.

가시를 딛고 오르는 장미 울타리.

버스 허리에 뮤지컬 광고 MATAHARI.

그녀는 이중 첩자였었나.

꽃잎마다 퍼런 칼날 물고 있다.

트트트트 달리는 오토바이.

사내 등에 바짝 붙은 여자.

그래도 사이는 피할 수 없다.

새로 돋은 느티나무 잎과 잎도

기댈 건 사이뿐.

"그늘 지나가니 술 주전자 서늘하다."

사이는 서늘한 관대.

전화하다가 뛰어가는 사람.

발걸음 사이사이는 푸르다.

가로수 썩는 밑둥치에 왕성한 버섯.

생사에도

시퍼런 사이가 있다.

뭉개질 수 없는 사이가 있다.

　　　　　　　　　　　—「사이는 푸르다」 전문

설태수의 이번 시집은 '발견들'로 빼곡하게 채워져 있다. 시인은 짧은 문장들의 연속적인 배열과 일상적인 통념을 가로지르는 시적 인식을 통해 상투적인 시선으로는 포착할 수 없는 세계와 사물의 진실을 드러낸다. 모든 문장과 진술에 강박적으로 마침표를 찍는 까닭도 그것이 순간의 경험과 인식일 뿐 산문적인 연속성에서 비롯된 것이 아님을 강조하기 위해서일 것이다. 그런 점에서 설태수의 시적 인식은 종종 불교의 오도송을 연상시킨다. 그렇다면 어떤 발견들이 시집을 구성하고 있을까? 인상적인 발견 가운데 하나는 앞에서 인용한 "잔치 빛깔은 절체절명과 통해 있다"(「섭리는 일회성」)라는 인식이다. 그리고 '나비'가 날아가는 형상에서 "리듬 타고 있는 너의 침묵"(「리듬 타는 침묵」)을 포착하는 장면, 퇴근길 도심의 하늘에서 "파동 치는 허공"(「풍선 효과」)을 발견하는 것, 흩날리는 꽃잎들의 움직임에서 "꽃잎은 로켓 연료"(「꽃들은 소리 낼 수 없다」)라는 인식을 이끌어내는 것, 신체의 일부인 '귀'에서 "물음표 형상"(「귀」)을 찾아내는 대목이나 이른 아침 해변에 찍힌 새들의 발자국을 "지상에 음각된/ 젖은 꽃"(「젖은 꽃」)으로 감각하는 장면 등도 인상적이다.

한편 「사이는 푸르다」는 '사이'의 발견에 초점을 맞추고 있다. 여기에서 시인은 몇몇 장면들을 중첩시키는 과정을 통해 '사이'의 존재를 드러내고 있다. 그 첫 장면이 바로 "계단 턱과 턱 사이"에 피어 있는 노랑 민들레를 발견하는 것이다. "턱과 턱 사이"라는 표현처럼 '사이'는 여러 공간 가운데 어느 하나로 환원되지 않는 혼종적heterotopia 공간을 의미한다. 이러한 이질적 이미지는 '이중 첩자'로 알려진 마타하리, "사내 등에 바짝 붙은 여자"의 형상에서도 동일하게 반복된다. 뚜렷하게 구분되는, 그렇지만 '사이'의 존재를 부정할 수 없는 형상들이 있기 마련이다. 하지만 설태수의 시에서 '발견'은 이러한 객관적 차원에 머물지 않는다. 그는 "새로 돋은 느티나무 잎과 잎도/ 기댈 건 사이뿐."이나 "사이는 서늘한 관대."라는 모순적인 표현처럼 '사이'를 이질적인 공간으로, 또는 '관계relation/between'를 지시하는 기호로 다양화함으로써 '사이'에 새로운 가치를 부여한다. 그리하여 '사이'는 "발걸음 사이사이", "생사에도/ 시퍼런 사이", "뭉개질 수 없는 사이"로 거듭되면서 '공간'이라는 본래적 의미에서 완전히 해방된다.

밤중에 들숨 날숨소리.
그 마찰음에 매달려
어둠을 건너간다.
차마고도 협곡을 도하하는
도르래에 걸린 말들.
발버둥 치는 비명은
천길 계곡 물소리에 먹혔지.
통째로 깨끗하게 먹혔지.

외등 불빛 아래서
볼펜에 긁혀나가는 백지.
고쳐 쓰고 그어버리고
머뭇거리다가 밀고 나가다가
또 북북 긋고 있는 작태.
백지 침묵이 이토록 무거웠던가.

백지 사막 어디쯤

나는 가고 있는 걸까.

연신 지워지는 발자국.

가기는 가는 걸까.

—「백지 사막」 전문

우리가 설태수의 시에서 주목해야 할 것 가운데 하나는 '예술'에 대한 사유이다. 시인은 시집 전체에 걸쳐 다양한 예술 텍스트에 대한 해석적 의견을 개진하는 한편, 예술, 특히 '시'에 대한 사유도 드러내고 있다. 그 가운데 세잔의 회화를 가리켜 "<존재>로 얼어있는 산천초목 당신과 나./ 살짝 건드려도 즙이 흥건하다."(「폴 세잔」)라고 진술하는 장면은 특별히 흥미롭다. 시인은 생트빅투아르 산을 형상화하는 세잔의 붓질이 대상을 '얼음 왕국'으로 만드는 행위라고 이해하고, 그럼에도 불구하고 그 대상에 '즙'이 존재함을 주장하고 있다. 비단 이것만이 아니다. 앞에서 인용한 「레이디 가가」,「꽃은 지금이다」,「거목은 잎을 떨구고」,「섭리는 일회성」,「美, 美, 美」,「반가커피상」,「朴古石」,「Mark Knopfler」,「Angelina Jordan」,「울트라 블루」,"숨바꼭질" 등이 직간접적으로 예술 작품에서 촉발하지만 어둠을 배경으로 나타나는 '말들'의 존재는 이미-항상 위태로워 "볼펜에 긁혀나가는 백지" 위에 잠시 나타났다가 사라지기를 반복하는 경우가 잦다. 글쓰기란 머릿속에 가지런히 정리된 생각을 옮기는 단순한 타이핑 작업이 아니다. 그것은 "고쳐 쓰고 그어버리고/ 머뭇거리다가 밀고 나가다가/ 또 북북 긋고 있는 작태."라는 표현처럼 고단하고 고독한 행위에 해당한다. 글을 쓴다는 것은 "가기는 가는 걸까."라는 의문과 마주하는 경험이고, 불확실성에서 기원하는 절망 없이 쓰여지는 글은 그다지 많지 않다. 그것은 '창조'가 새로운 것을 만드는 행위이면서 동시에 기존에 존재하는 '보는 법[道]'을 지우는 해체 행위이기 때문에 생기는 현상이다. 하지만 예술의 가치는 빠르게 나아가는 볼펜의 속도와 무관하다. 아니, 때때로 뒷걸음치고 제자리를 맴도는 "백지 침묵"이야말로 글쓰기의 불가능성을 증명하는 유일무이한 경험이라고 말할 수 있다. 그러므로 '백지'는 글쓰기의 출발점만이 아니라 필요충분조건이기도 하다. "빵에는 사라지게 하는 힘이 있다."(「빵, 빵빵」)라는 주장처럼 기성의 질서를 해체시키는 '빵'이라는 소리 없이 예술은 불가능한 법이다.